AF438008

Su eterna promesa

Hermanas Alcott #1

Elsa Tablac

CAPÍTULO 1

ARTHUR

Les habla el comandante. Les comunico que estamos a punto de aterrizar en el aeropuerto de Heathrow, Londres. Ha sido un placer tenerles a bordo.

Aún no habíamos llegado a nuestro destino y yo ya empezaba a notar el efecto del *jet lag*. Recosté mi cabeza junto a la ventanilla y observé el gran enjambre londinense desde el cielo. A veces asociamos ciudades con personas y de un tiempo a esta parte para mí Londres significaba alguien muy específico. Y también demasiado tentador: Charlotte Alcott.

La hija de Caleb Alcott.

Mi jefe.

Ella se había convertido en la razón por la que abandoné la ciudad que me vio nacer y me instalé en Nueva York hace cuatro años.

Una atractiva azafata rubia se acercó a mí para asegurarse de que mi cinturón estaba correctamente abrochado. La observé unos instantes y correspondí a su sonrisa profesional e inmaculada. Me había dicho su nombre al principio del vuelo. Shannon. Californiana. Era muy atractiva. Cuatro años atrás me habría interesado por ella. Tal vez le habría preguntado en qué hotel se hospedaba en Londres y si le apetecía tomar una copa al terminar su jornada.

SU ETERNA PROMESA

En ese momento volteé mi mirada hacia la ventanilla y me recreé de nuevo en lo que me esperaba al aterrizar.

En Charlotte, y en la promesa que le hice aquella noche en la mansión de los Alcott, los dos ocultos en la biblioteca familiar, ajenos a las miradas de todos.

Diecisiete años recién cumplidos, esa era la edad de Charlotte aquella maldita noche, y el motivo por el que tuve que dejar atrás Londres y poner un océano de distancia entre nosotros. La tentación era demasiado poderosa y no podía permitir bajo ningún concepto que aquella chiquilla siguiese torturándome. Eso era la joven Charlotte entonces, y lo que seguramente seguiría siendo: un auténtico peligro disfrazado de puro dulce.

Me había encerrado en aquella biblioteca con la excusa de enseñarme un enorme libro de astronomía que llevaba encima a todas horas. Y lo hizo. Se sentó sobre mi regazo, sobre mi masculinidad, la misma que se sublevó al instante. Me levanté de la silla, aterrorizado, y traté de apartar de mí a la preciosa hija menor de Caleb Alcott.

Cuando sea mayor de edad, susurró ella en mi oído. *Te estaré esperando, Arthur. Prométeme que me besarás cuando tenga la edad suficiente para estar juntos.*

El corazón me latió con violencia. Salí de aquella casa como si hubiese visto al mismísimo diablo, y tal vez así había sido, en forma de mujer con poderosas curvas y piel impecable. Pero demasiado joven.

Al cabo de unos días le dije a Caleb que mi sueño era vivir en Nueva York —una mentira— y que me marcharía de su empresa si no podía compatibilizar ambas cosas. Para mí sorpresa, Alcott me ofreció todas las facilidades del mundo y un puesto directivo en la recién estrenada sede de su gran inmobiliaria, Alcott Buildings, en Nueva York.

Hui.

Hui de Charlotte y de su cuerpo recién formado.

Y sin embargo, se lo prometí. Le prometí que algún día regresaría y la besaría. Lo hice y me maldigo todos los días. Primero, porque aquellas palabras solo salieron de mi garganta para que se alejase de mí y mi corazón dejara de inflamarse con su voz y su boca entreabierta. Y segundo, porque eso era exactamente lo estaba haciendo, estaba volviendo a Inglaterra.

En esos cuatro años ella había hecho tímidos intentos de contacto. Varias llamadas de teléfono que mi secretaria interceptó. Tres o cuatro e-mails que nunca contesté. Incluso sé de buena tinta que hizo un viaje a Nueva York con su hermana y su madre al cumplir los dieciocho. En cuanto supe de su presencia, gracias a que Caleb lo mencionó de pasada, me largué de la ciudad y cogí un vuelo a Miami.

Al volver de aquellas improvisadas vacaciones, las primeras que me permitía en mucho tiempo, y eso que habían sido forzosas; encontré algo que me turbó profundamente sobre la mesa de mi despacho.

Su libro de astronomía.

Ella había estado en aquel edificio, en aquella oficina, respirando aquel oxígeno.

Busqué entre sus páginas, pensando que tal vez me había dejado una nota, pero no había nada.

Solo quería que supiera que había estado allí, que se había sentado en mi silla.

La cambié de inmediato por otra. Eso era lo que me hacía aquella chica.

Pero habían pasado tres años de aquello, y Charlotte ya no era una niña.

Y yo, abandonando aquel avión y abriéndome paso por la atestada terminal del aeropuerto de Heathrow, estaba a punto de averiguarlo.

Me esperaba un coche en la salida de la terminal de llegadas. Leí mi nombre en el cartel que sujetaba el conductor. ARTHUR YARDLEY. Me acerqué a él y busqué el pasaporte en el bolsillo de mi abrigo.

—No es necesario, señor Yardley —me dijo el chófer, reconociéndome al instante—. ¿Ha tenido un buen vuelo?

—No ha estado mal...

—...Alistair, señor. Ese es mi nombre. Le llevaré donde quiera durante todo el tiempo que pase en Londres.

—Muchas gracias, Alistair.

Subí al asiento posterior del Mercedes negro y me acomodé. Tal vez, si el tráfico no era intenso, aún conseguiría dormir algunas horas antes de reunirme con Caleb Alcott.

—Imagino que querrá descansar un poco.

—Sí, me alojaré en el hotel Corinthia durante toda la semana.

—Entiendo. Sin embargo, el señor Alcott insistió en que hay espacio de sobra para usted en su casa. Me refiero a su residencia de Bracknell, que es donde pasa últimamente la mayor parte del tiempo.

No. Ni de coña. En absoluto podía verme de nuevo atrapado bajo el influjo de Charlotte.

—Se lo agradezco, pero ya discutí ese asunto con el señor Caleb. Estaré en el hotel. He de atender asuntos personales también, ver a... algunos amigos durante mi estancia. En Bracknell estaría demasiado aislado.

El chófer me observó a través del retrovisor. Se notaba a la legua que Alcott le había insinuado que tal vez me alojaría en su residencia familiar, pero no quería estar bajo el mismo techo que su hija pequeña.

Y el motivo era muy simple. Mi honorabilidad me había impedido dejar rienda a mi deseo hacía cuatro años. Pero ahora que Charlotte estaba a punto de cumplir los veintiuno, y a tenor de las últimas fotos de ella que había visto en sus redes sociales, eso iba a ser algo más que imposible.

—Entiendo, señor Yardley. A la ciudad, entonces.

¿A quién pretendo engañar? Un nudo se había apoderado de mi estómago en cuanto puse un pie en la terminal. Era ridículo postergar mi encuentro con Charlotte, sobre todo cuando el principal motivo de mi viaje era un reencuentro al que mi parte racional continuaba resistiéndose.

—Dígame, Alistair. ¿Trabaja habitualmente para el señor Alcott? —le pregunté al chófer.

—Así es.

Desvié la mirada hacia el manto verde que se extendía a la derecha de la carretera. Quería preguntarle por Charlotte, pero no me atrevía a abrir la caja de Pandora, a pesar de que era consciente de que estaba allí para honrar mi promesa velada.

—Para sus hijas, sobre todo. Al menos últimamente —añadió.

—Lizzy...

—Y Charlotte. La pequeña.

—Ya no debe ser tan pequeña —añadí. Dios, no sé por qué me estaba metiendo en ese jardín.

—Ciertamente. La joven Charlotte cumple veintiún años esta semana. O los ha cumplido ya, no estoy del todo seguro.

—Debe seguir estudiando, ¿no?

—Estudia Historia del Arte en Londres. Y, ¿sabe?, es curioso, pero oí que quería marcharse a estudiar un año a Nueva York. Imagino que el señor Caleb se lo contará.

Enmudecí. ¿Charlotte en Nueva York?

Y sin embargo, el chófer me dio la estocada final cuando me dijo:

—Ahora bien, entre usted y yo, con todo el asunto de la boda, no sé si todo eso seguirá en pie. Ya sabe cómo cambian de opinión las jovencitas de hoy en día.

—¿La boda?

—La boda de la joven Charlotte, así es.

—¿Va a casarse?

¿Por qué? ¿Por qué sentía en ese momento como si mi corazón fuese un gigantesco gong y alguien se estuviese empleando a fondo con él?

Alistair se encogió de hombros y esbozó una tímida sonrisa a través del espejo.

—Anticuado, ¿verdad? Para mí sigue siendo una niña... No entiendo cómo le puede interesar algo así. Una boda, me refiero.

Estuve a punto de indagar un poco más, de preguntarle quién era el hombre que pensaba arrebatármela.

El pensamiento que me asaltó en ese instante me asustó porque era, más bien, una certeza a la que ya había decidido aferrarme:

Charlotte no va a casarse con nadie que no sea yo mismo.

CAPÍTULO 2

CHARLOTTE

—No tengo claro que Arthur vaya a venir —dije, con la mirada clavada en el techo de mi dormitorio—. Además, ¿qué importa si viene o no a estas alturas?

—Me lo ha dicho papá —repuso Lizzy—. Y claro que importa. A ti te importa, desde luego. Aunque no lo admitas. Te conozco demasiado bien, Charlie.

Resoplé. Por supuesto que quería verlo. Pero no estaba dispuesta a admitirlo en voz alta, ni siquiera delante de mi hermana Lizzy.

—Nunca ha contestado mis e-mails. No he vuelto a verlo desde aquella noche en la biblioteca. ¡Ni siquiera quiso verme cuando fuimos con mamá a Nueva York!

Lizzy me miró de nuevo y realmente no hacía falta que dijese nada más. Nos conocíamos a la perfección. Podíamos comunicarnos solo con una mirada. Ella era la única que sabía de mi obsesión por Arthur, uno de los directivos de la empresa de mi padre. Poco me importaba que nos separasen veinte años. Estaba enamorada de él desde los quince y hacía ya mucho que había superado mi torpe intento de seducirlo.

Había sucedido ahí mismo, en nuestra casa de Bracknell. En medio de una tormenta eléctrica que provocó un apagón general en todo el condado.

Arrastrada por mis hormonas adolescentes acorralé a Arthur Yardley en la biblioteca. Traté de convencerle con palabras que me había convertido en una mujer. Que no era la niña que él creía. Cada vez que lo pienso quiero que se abra un agujero bajo mis pies y que me devore. Estaba tan convencida...

Él me apartó con cuidado y después evitó cualquier contacto visual con mis ojos. Sé muy bien por qué. Arthur y yo llevábamos demasiado tiempo mirándonos.

—Pues vendrá hoy seguro, así que prepárate —dijo Lizzy, saltando sobre mi cama y aterrizando a mi lado —. Ya sabes que papá no quiere salir de esta casa. Últimamente hace que todos sus clientes vengan hasta Bracknell. Y no olvidemos que Arthur sigue siendo su empleado, por mucho que dirija la sede de su empresa en Nueva York. ¿Qué piensas ponerte? ¿Quieres que echemos un vistazo a tu armario?

A veces me costaba creer que Lizzy era la mayor de las dos. Se levantó y abrió de par en par las puertas de mi atestado armario.

—Veamos...

—Ya basta, Lizzy.

Sacó un vestido corto ajustado de color negro y morado.

—Este me encanta.

—¡Lizzy! ¿Acaso no me has oído? Sabes que estoy prometida, ¿no? Con alguien que no es Arthur. No entiendo por qué tengo que recordártelo. Sinceramente, creo que me estás creando expectativas solo para tu propio divertimento.

Mi hermana suspiró, abrazada a la pieza de ropa.

—Tú no estás enamorada de Robert, hermanita. Lo sabes muy bien.

—Por supuesto que lo estoy.

—No, no lo estás.

Era imposible engañarla.

—Si no lo estoy, lo estaré. Estoy convencida. Robert es perfecto para mí. Me respeta y está dispuesto a esperar todo el tiempo que haga falta hasta que...

—...¿hasta que te desenamores de otro?

—Hasta que termine de estudiar y podamos casarnos, Liz.

Lizzy y yo habíamos tenido esa conversación mil veces. Sabía muy bien que cuando le decía que me casaría después de terminar la carrera se la llevaban todos los demonios.

Mi hermana no estaba precisamente interesada en el matrimonio. De hecho, y a pesar de todo lo que le gustaba incordiar con el asunto de Arthur, su propia vida amorosa era todo un misterio, incluyéndome a mí, su hermana. Cualquier mención a su solitario corazón me servía para desactivar su insana curiosidad.

Pero esa era un arma que me reservaba solo para cuando me sacase de quicio. Y eso, por el momento, tendría que esperar. Me levanté, le quité el vestido de las manos y volví a colocarlo dentro del armario.

La cogí de las muñecas.

—Escúchame bien, Lizzy. Solo voy a decirlo una vez. Es posible que veamos a Arthur rondando por aquí. Tal vez papá lo haya citado para una de sus reuniones y sea hoy mismo cuando venga a Bracknell. Pero lo que pasó aquella noche entre nosotros... creo que ya está del todo olvidado. Él lo ha olvidado. Desde ese día siempre me ha mantenido a raya, lo más lejos que ha podido. Y lo ha logrado.

Lizzy me lanzó una mirada de soslayo y me contestó como si no hubiese escuchado ni una sola palabra de lo que acababa de decir.

—Solo quiero que sepas que si decidís estar juntos, Arthur y tú... yo te apoyaría. Delante de papá.

Ahogué un grito de pura frustración.

Era como hablar con una pared.

Dejé a mi hermana murmurando a mi espalda y decidí salir al jardín a absorber los tímidos rayos de sol que bañaban nuestra enorme residencia familiar de Bracknell. Estaba a punto de empezar mi tercer año en la universidad y mi vida era una gran farsa que en los últimos años había girado en torno a la repentina desaparición de Arthur Yardley, el hombre del que no me había logrado olvidarme.

A medida que el raciocinio fue entrando en mi loca cabeza al cumplir la mayoría de edad —la clarividencia no llegó de golpe, obviamente, sino que fue cuestión de un par de años—, me di cuenta del soberano ridículo que había hecho en aquella biblioteca, tratando de seducir a un hombre que me doblaba la edad y que, para colmo, era la mano derecha en los negocios de mi padre.

Pasado el tiempo acepté lo sucedido, me serené y, cuando entendí que no iba a poder olvidarme de él solo porque la razón así me lo dictase, planeé aquella escapada a Nueva York con la esperanza de verlo.

Fue todo en vano. Él huyó de la ciudad en cuanto supo que llegábamos. Me quedó claro que Arthur me esquivaba.

Al principio creí que simplemente no quería problemas.

Problemas serios.

Pensé que aquella mirada que él me profesaba escondía algo lejanamente parecido a mi obsesión adolescente. O a lo mejor era solo una proyección de mi propio deseo, ¿quién sabe?

La cuestión era que enterarme de que Arthur estaba a punto de irrumpir de nuevo en mi tranquila vida londinense había puesto todo patas arriba en apenas unas horas. Lo que para Lizzy era puro divertimento para mí era una inquietud extrema, instalada en la boca de mi estómago, además de una súbita subida de mi temperatura corporal.

Me senté en uno de los bancos de piedra en los jardines. Era uno de mis rincones favoritos, a pesar de que no estaba demasiado escondido. Era uno de los principales accesos a la casa Alcott —así era como toda la familia se refería al gigantesco *cottage* en el que se había instalado ya mi abuelo durante la mitad del siglo pasado.

Mi padre había adquirido el resto de la propiedad a sus dos hermanos, gracias a los frutos de su próspero negocio inmobiliario. Lizzy y yo heredaríamos la casa Alcott algún día y a pesar de que yo disponía de un pequeño apartamento en Londres que utilizaba sobre todo durante la semana, en los días que tenía que asistir a mis clases en la universidad, algo me aferraba a aquella antigua casa en el campo.

Todos los jueves por la tarde me instalaba de nuevo en mi antiguo dormitorio adolescente. Me gustaba pasear por el campo y mirar a través de la ventana de mi habitación. Y sentarme en el banco de piedra frente al estanque.

El sonido del agua cayendo de la boca del hipocampo solía ejercer sobre mí un intenso poder calmante.

Pero ese día fue del todo imposible.

Mi mirada se desviaba continuamente hacia la verja por la que entraban los vehículos de las visitas.

En ese momento sonó mi teléfono móvil. Me había acostumbrado tanto a ver aquel nombre en la pantalla que ni me inmuté. Quien llamaba era Robert. Mi prometido.

Lo ignoré.

Fui incapaz de responder a aquella llamada.

Y, como una aparición, en aquel momento se abrió la verja. Por el camino de piedra avanzó un Mercedes negro que conocía bien. Era uno de los coches de papá. Alistair iba al volante.

Se detuvo a solo unos metros de la entrada de casa. Desde donde yo estaba pude ver, sin ningún atisbo de duda, cómo del asiento trasero descendía el mismísimo Arthur Yardley.

CAPÍTULO 3

A RTHUR

Aquel sábado por la mañana no podía empezar de una manera más turbadora, aunque cuando Alistair me había recogido en mi hotel aquella mañana fui perfectamente consciente de hacia dónde nos dirigíamos. La vi a través del cristal en blanco y negro, y después completamente en blanco, como una ninfa renacentista, en cuanto me bajé de coche.

Era su casa, entraba dentro de las posibilidades que Charlotte estuviese allí, y sin embargo esperaba que el universo me concediese unos instantes para asentar todo mi aplomo antes de encontrarme con ella.

Estaba sentada en un banco de piedra junto al estanque de los Alcott. El corazón se me desbocó al instante. Me detuve unos segundos, debatiéndome entre dejar pasar aquella aparición perfecta o acudir enseguida a mi encuentro con Caleb, su padre; pero vi cómo Charlotte se llevaba la mano a la frente, en forma de visera. Me había visto.

—Estaré junto al garaje, Arthur —me dijo el chófer —. Para cuando desee regresar a la ciudad.

—Gracias —murmuré.

No podía ignorarla, imposible. Cuatro años habían sido suficientes.

En cuanto di tres pasos en su dirección, Charlotte se levantó e hizo exactamente lo mismo.

A medida que me acercaba me daba cuenta de lo imposible que era seguir dilatando aquello, pero por suerte la hija pequeña de Caleb ya no era una niña.

Aunque lo parecía.

Mientras me acercaba estudié su silueta, cubierta por aquel vestido blanco y vaporoso que iba a ser mi perdición. Traté de vislumbrar alguna sombra oscura bajo la tela, algún rastro que me revelase su ropa interior, pero no la encontré.

Esbozó una sonrisa y aquello me destrozó, porque sabía muy bien que no era merecedor de ella, que había hecho lo imposible por alejarme de aquel cuerpo que parecía inmaculado y de aquella energía desbocada que parecía aceptarme y —dios me libre— desearme exactamente igual que yo a ella. Esa repentina idea me turbó, reconozco que era una de mis fantasías recurrentes:

Deseaba en secreto que Charlotte siguiese siendo virgen. No soportaba la idea de haber perdido una oportunidad semejante.

Alistair había dejado bien claro que Charlotte se había prometido, y en cuanto hice el *check-in* en el hotel y conecté el portátil a la red Wi-Fi me lancé a por lo que cualquiera en su insano juicio hubiese hecho: revisar sus redes sociales en busca de cualquier pista acerca de mi rival. Eso era aquel muchacho para mí, alguien a quien probablemente también doblaba la edad. No encontré nada relevante más allá de un par de fotos.

Los últimos dos metros de distancia entre nosotros los salvó la propia Charlotte. Dio dos graciosas zancadas y se lanzó en mis brazos, algo a todas luces inapropiado. Aquel primer impacto de su cuerpo contra el mío me dejó en *shock*, a pesar de la ropa que nos cubría.

Apoyé la barbilla sobre su cabeza y, acto seguido, eché un rápido vistazo a las ventanas de la mansión de los Alcott. Bien sabía que Caleb podría estar mirándonos desde su despacho en ese preciso instante, preguntándose qué demonios hacía con su hija pequeña.

—Charlotte, es un placer encontrarte de nuevo.

Ella no parecía dispuesta a separarse de mis brazos y yo la dejé estar. Solo el bosque a su espalda podría apreciar mi mano recorriendo su espalda y enredándose con su larga melena oscura.

—Mi padre ha dejado caer esta mañana durante el desayuno que vendrías a verlo, —dijo contra mi pecho—. Demasiado improvisado.

Tenía la oreja apoyada sobre mi camisa. Era imposible que no percibiese mis latidos desbocados. Con cuidado, la sujeté por los hombros y traté de apartarla. No porque quisiera poner punto y final a su espontáneo abrazo, sino porque necesitaba verla de nuevo, apreciar mejor su cuerpo y su rostro.

Apenas había cambiado físicamente desde aquella noche en la biblioteca. Di un paso atrás y admiré su serena mirada verdosa y los pezones que acababan de revelarse bajo el vestido blanco. La visión me alteró todavía más, noté cómo mi polla se endurecía al instante y pensé que solo era justo que mi cuerpo revelase la excitación al entrar en contacto, exactamente igual que le había sucedido a ella, tal vez en una reacción natural y espontánea.

—Charlotte...

Me miró. No tenía ni idea de por dónde empezar.

—Solo quería decirte que siento no haberme despedido —dije.

¿Cabían las explicaciones entre nosotros? ¿Por qué le estaba hablando como si me hubiese marchado de Londres la semana pasada? No lo sé, pero en ese momento me vino a la mente el libro de astronomía que había encontrado en mi despacho.

—¿Te siguen interesando los planetas? —le pregunté, como un idiota que solo se maneja con su subconsciente.

Charlotte soltó una risita.

—Sí, pero no tanto como antes. Ahora estudio Historia del Arte, ¿sabes?

—Genial. En la universidad de Londres.

Asintió.

—¿Vas a quedarte mucho tiempo? —me preguntó.

—Estaré aquí todo el tiempo que Caleb necesite.

—¿En Bracknell?

—No, me alojo en Londres.

Charlotte miró por encima de mi hombro. El súbito rubor que recorrió sus mejillas me excitó aún más. Necesitaba separarme de nuevo de ella. Aquello seguía sin tener sentido. Y sin embargo, no pude mantener la boca cerrada:

—Supongo que debo felicitarte.

—¿Felicitarme?

—He oído que vas a casarte.

Se mordió el labio. Estiró los dedos del pie y removió un poco la tierra con el extremo de su zapatilla.

—¿Cómo te has enterado? ¿Mi padre?

—No. Alistair lo mencionó en el coche.

—Bueno, es solo una opción.

—¿Una opción, Charlotte?

Di un pequeño paso hacia ella. Mínimo, pero suficiente como para que mi sombra se proyectase sobre su rostro.

—A tu futuro marido no le gustaría escuchar eso —dije.

Fui consciente en ese momento de nuestra marcada diferencia de edad, de la experiencia que jugaba a mi favor. En el suyo estaba la candidez, la tersura de su piel.

Tenía muchas ganas de acariciar su hombro desnudo, pero me contuve. No sé ni cómo lo conseguí. Pero aquel pequeño logro era algo temporal. Lo que quería en realidad era arrodillarme ante ella y lamer sus piernas, esconder mi cabeza bajo su vestido blanco.

—He venido a por ti, Charlotte —le dije—. A cumplir con mi promesa, si todavía quieres.

Se acercó un poco más.

—Sigues jugando conmigo, Arthur. Estuve en Nueva York. Y no quisiste verme.

—Sabes muy bien por qué.

—Ya era mayor de edad, Arthur. Hacía dos años que lo era.

—No era apropiado. Y lo sabes. Eres muy lista.

—Y tú eres muy frío. ¿No has pensado que, tal vez, ya es tarde?

Volvió a alejarse y cada centímetro de separación era como un aguijonazo. No tenía más palabras para ella, porque ni siquiera tenía aliento.

—He de ir a ver a Caleb. Estaremos reunidos durante toda la mañana. ¿Hay algún sitio donde podamos hablar tranquilamente después?

—No lo sé, Arthur. ¿La biblioteca? No sé si recuerdas dónde está.

Me excité de nuevo solo con escucharlo.

—Ahí estaré. ¿A las tres?

—¿Qué excusa le vas a poner a papá?

—Conozco muy bien el momento exacto en el que Caleb entorna los ojos después de almorzar. No te preocupes por eso.

¿Qué demonios estás haciendo, Yardley?, pensé. *Si Alcott se entera de lo que estás intentando con su hija...* Me giré y eché un vistazo a la impresionante fachada de la casa. Busqué con la mirada la ventana del despacho de Caleb, en el segundo piso. Pero justo debajo, muy cerca de donde estábamos Charlotte y yo, observé que algo se movía tras una cortina.

Charlotte también lo percibió.

—No te preocupes —dijo—. Solo es Lizzy.

—¿Tu hermana también está aquí?

—Últimamente pasa mucho tiempo en Bracknell. No entiendo por qué. Hace apenas un año juró que solo pisaría esta casa cuando mi madre la obligase el día de Navidad.

—¿Crees que ella...?

—¿Si nos ha visto?

No quería ser demasiado explícito. No habíamos hecho nada extraño más que un abrazo que en otro tiempo hubiese sido inapropiado. Pero para nosotros no podía serlo. Tal vez lo sería para cualquiera que lo viese, alguien ajeno a nuestra no-historia.

—Lizzy ya nos ha visto en otras ocasiones —repuso Charlotte.

—¿A qué te refieres?

—Aquel día, en la biblioteca. Cuando te enseñé el libro. Ella estaba allí.

Iba a preguntarle qué demonios estaba diciendo cuando oí una voz grave y masculina a mi espalda.

—¡Arthur!

Mi jefe acababa de aparecer en la puerta de la casa.

—Espero que Charlotte no te esté importunando —dijo Caleb Alcott.

—A las tres —murmuré entre dientes, antes de girarme y alejarme de la tentación.

CAPÍTULO 4

C HARLOTTE

—No es una cita. Y no se te ocurra colarte de nuevo en la biblioteca para espiarnos —le dije a Lizzy.

Se había quedado quieta junto a la puerta de mi cuarto de baño.

—Estás loca, Charlie. No vayas.

—¿Hace apenas unas horas me jaleabas y decías "yo te apoyaría"? ¿Ya se te ha olvidado?

—Eso es porque pensaba...

—Pensabas que no me haría el más mínimo caso, ¿no?

Lizzy suspiró. Parecía preocupada.

—Es que no quiero que cometas un error del que te arrepentirás más tarde, en cuanto veas a Robert.

—Solo vamos a hablar, Lizzy. Creo que tenemos una conversación pendiente. Ya te dije que él ha pasado página.

—Pero tú no. Además, no lo ha hecho. Os he visto desde la cocina. He visto cómo te miraba. El lenguaje corporal no engaña.

El descaro de mi hermana.

Me enervaba.

—Deja de espiarme, Lizzy. Solo vamos a hablar un rato. Si quieres ser útil, asegúrate de que papá está entretenido.

—A las tres estará dormido en su sillón favorito, lo sabes muy bien. Haya visitas o no. ¿No sabes por qué no estamos invitadas a almorzar con ellos? —me preguntó.

Estaba disfrutando con todo aquel asunto. Lo sabía muy bien. La vida en Bracknell era aburridísima y la visita de Arthur estaba siendo para mi hermana como una excursión a un parque de atracciones. Había algún motivo oculto por el que Lizzy se empeñaba en vivir allí casi todo el tiempo en lugar de en Londres. Y un año después aún no había conseguido sonsacárselo.

—¿Por qué nos iban a invitar?

—¿Porque vivimos aquí?

—Tienen trabajo, Lizzy.

—¿No me vas a contar que te ha dicho Arthur ahí fuera?

—Me ha felicitado por mi futura boda. Alistair se ha ido de la lengua.

—Pobre Alistair, ¡qué iba a saber él!

Me mordí la lengua. No quería decirle a Lizzy que Arthur había dicho que había regresado para "cumplir su promesa", significase lo que significase.

Me acerqué a la ducha y abrí el grifo. Acto seguido empecé a desnudarme. Sabía muy bien que en cuanto me quitase la ropa Lizzy se retiraría y me dejaría tranquila. No le gustaban nada esas intimidades, y yo, por suerte, estaba acostumbrada a sus excentricidades.

Dicho y hecho. Mi hermana abandonó mi cuarto de baño.

Me venía bien una ducha, a pesar de que me había bañado esa misma mañana. Fría, a ser posible.

Dejé caer el agua sobre mi rostro. Y pensé en él. Pensé en que estaba aquí por fin, en casa, en la misma planta en la que yo estaba desnuda. Noté de nuevo aquel ardor que me recorría los muslos cada vez que visualizaba a Arthur Yardley. No sé mucho de anatomía masculina, —este era un asunto que hasta la fecha había esquivado con Robert—, pero había notado cómo se endurecía cuando me abrazó. Y me había encantado esa sensación.

Exactamente igual que cuatro años atrás, cuando tuve la osadía de sentarme en su regazo en la misma biblioteca en la que nos habíamos citado en apenas un par de horas.

¿Significaba eso que yo le gustaba? Estaba siendo una ingenua tal vez, pero mi instinto me decía que sí. ¿Sería cierto que se había enterado de mi compromiso al aterrizar, o más bien ese había sido el motivo de su precipitado regreso?

Qué más quisieras, Charlotte Alcott.

Estaba dejando volar demasiado la imaginación.

El vapor del agua se condensó en la ducha. Abrí la ventanita escarbada en la pared y eché un vistazo al exterior. A lo lejos vi dos caballos que se alejaban de la casa, conducidos por dos figuras masculinas que conocía bien.

Uno de ellos era mi padre. A su lado, era Arthur quien trotaba a lomos de Rex. Se me escapó una risita ridícula. Me puse de puntillas para poder apreciar mejor la escena.

El estilo de Arthur no era del todo depurado, aquello sin duda había sido idea de papá. Hacía mucho que yo no cabalgaba, la equitación y pasar horas interminables en el establo eran más bien cosa de Lizzy.

Observé cómo se alejaban hacia la campiña. A papá le gustaba discutir sobre sus asuntos de trabajo dando un paseo, mejor aún si su interlocutor sabía montar a caballo, y a juzgar por lo que veía a Arthur no se le daba tan mal.

Salí de la ducha y me puse un albornoz. Después regresé a mi dormitorio. Esperaba encontrarme allí a Lizzy, tumbada en mi cama y leyendo alguna de sus revistas de moda, pero no había ni rastro de ella. ¿Tal vez habría salido con ellos a cabalgar?

Eché un vistazo a mi dormitorio. Apenas había cambiado en los últimos seis años. El apartamento en el que vivía en Londres era algo más neutro y sofisticado. Pero aquel cuarto contenía aún todos los trazos de mi adolescencia, algunos peluches desperdigados y pósters de grupos *pop* en las paredes.

Era una pésima idea reencontrarme con Arthur allí y lo sabía. En los dominios de Caleb Alcott, con muchos pares de ojos observando desde las ventanas, personas con tiempo libre como mi querida hermana Lizzy. Por suerte mi madre no estaba en casa esos días. Había ido a Liverpool a visitar a su hermana. *Un problema menos*, pensé; pero tal vez lo mejor habría sido evitar a Arthur a toda costa en aquella casa y tener nuestra conversación en Londres. Al fin y al cabo él se alojaba en la ciudad.

Se alojaba, lo había dicho bien claro. ¿Acaso ya no conservaba su antiguo apartamento de la City?

El problema era que en Londres también estaba Robert.

Me tumbé en la cama, apoyando los pies en el artificioso cabecero acolchado sobre la pared.

No podía seguir negándome mi propio deseo, que no era otro que perder la virginidad con Arthur de una vez por todas.

Allí.

Esa misma tarde. En aquella biblioteca.

Aquellos cuatro años de absoluta nada entre nosotros habían saltado por los aires en cuanto apoyé la cabeza en su pecho y escuché la alteración de su ritmo cardiaco.

No sé si latía así por mí.

Pero necesitaba averiguarlo. Y necesitaba saber por qué Arthur había dejado de huir por fin.

CAPÍTULO 5

ARTHUR

Caleb Alcott se limpió la barba con cuidado y se recostó en el que, según dijo, era su sillón favorito.

—Es posible que cierre los ojos durante unos segundos, Arthur —anunció—. Por algún motivo soy incapaz de funcionar durante el resto del día si no me tomo unos minutos de reflexión.

Miré el reloj. Faltaban cinco minutos para mi encuentro con su hija. Era increíble los malabares que hacía Caleb con las palabras, solo para dejar claro que pensaba echarse una siesta, como de costumbre.

—No te preocupes, Caleb. Si no te importa saldré a dar un paseo. Si quieres, sobre las cinco, podemos retomar la cuenta de resultados. O si no otro día, si estás cansado.

—Perfecto —murmuró.

—Charlaré un rato con tus hijas —le dije, no sé muy bien por qué. Tal vez no era necesario.

Caleb abrió los ojos de golpe.

—¡No dejes que te enreden! ¿Sabes una cosa? Pensé que cuando superasen la adolescencia todo sería mucho más fácil. A veces me da la sensación de que la van a prolongar eternamente. Sobre todo Charlotte.

Mi cuerpo reaccionó al instante, tensándose, al oír su nombre.

—¿Qué pasa con Charlotte?

—Acaba de cumplir veintiún años y empieza su tercer año en la Universidad. Y hace un par de meses viene a contarme que se ha prometido con un chico de la City. Robert. Buena familia. Un buen muchacho y sin embargo...

—¿No te gusta?

—No es eso. Es solo que mi hija no está enamorada. Es todo. No de él, al menos.

—Entiendo. Entonces, ¿a qué viene esa prisa con el compromiso?

No sabía hasta qué punto iba a poder extraer información de Caleb con respecto a su hija, pero quería ver dónde me llevaba aquella conversación.

—¿Sabes? Siempre temí que a mis hijas les costase tomar decisiones de adulto. Y resulta que me encuentro con lo contrario. Precipitación, cosas de las que sin duda se arrepentirán, pero ¿qué has de hacer? Deben aprender de sus errores.

Me encogí de hombros.

—Tal vez pueda hablar con ella...—dije.

Caleb se rio, mientras sus párpados volvían a caer.

—Si consigues que entre en razón, házmelo saber.

Faltaban tres minutos para las tres de la tarde, pero no quería abandonar el despacho del jefe Alcott sin asegurarme de que se quedaba dormido. Observé sus párpados y escuché la alteración en su manera de respirar. No me levanté del sillón contiguo hasta que no escuché un sutil ronquido.

Si consigues que entre en razón, házmelo saber. Hubiese soltado una carcajada de no ser porque Caleb habría salido de su estado de ensoñación. Aquella frase había despertado mis más bajos instintos, los mismos que había conseguido aplacar durante nuestra reunión a caballo.

Salí de la habitación, cerrando el pomo con cuidado. Avancé por el pasillo con la sensación de que en aquella casa todo crujía.

Llegué a la biblioteca, y para mi sorpresa, la puerta estaba entreabierta. Sobre las ventanas caían unas anticuadas cortinas de terciopelo azul que permitían que la penumbra conquistase aquel espacio.

Charlotte estaba apoyada en la mesa de roble que coronaba la sala. Me fundió con la mirada. Cerré la puerta con cuidado, confiando que todo el mundo durmiese siestas en aquella casa, que nadie abriera puertas sin anunciar su llegada. Porque tenía pocas dudas de lo que allí iba a suceder.

Si consigues que entre en razón...

Por supuesto que aquella jovencita iba a entrar en razón.

Me acerqué a ella, intentando leer su deseo. Mantenía la mirada fija en la mía. Sus manos descansaban sobre el borde de la mesa. Se había cambiado de ropa. Charlotte se había puesto una camiseta blanca de tirantes y una falda vaquera.

—¿Qué tal el paseo? —me preguntó—. Rex no es un caballo fácil.

—No, no lo es. Hacía siglos que no montaba.

Dio un pequeño salto y se sentó sobre la mesa. Mantenía las rodillas unidas. Solo tenía que colocar mis manos sobre ellas y separarlas suavemente. Me pregunté si me lo permitiría. Estar allí, recordando la misma escena con casi cuatro años de antigüedad, volvió a excitarme de la misma manera. Y era imposible que ella, tan lista, no se diese cuenta al instante. La única duda era cuánto pretendía jugar conmigo. Estaba totalmente a su merced.

Me planté delante de Charlotte, en la mesa, y observé si reaccionaba. Si se alteraba de nuevo. Pensé que ojalá me abrazase de nuevo, arrastrada por su impulso primitivo.

—Mi padre tiene mucha suerte de poder contar contigo —dijo.

—¿Eso crees?

—No lo creo, lo sé. Lo dice a menudo. De hecho es algo contradictorio, porque asegura que le gustaría tenerte más cerca en el día a día, pero admite que ahora mismo eres más útil en Nueva York...

Lo hice, puse la mano derecha sobre su rodilla desnuda. Su conversación se apagó de golpe.

—Charlotte...solo quería decirte, que siento haber impuesto una distancia tan radical entre nosotros, durante tanto tiempo. Pero no podía darte lo que querías hace cuatro años. Imposible. No porque no lo desease, era porque simplemente, debíamos esperar a que fuese, un poco más apropiado...

—¿Y ahora lo es?

—No lo sé. Nos separan diecinueve años. Eres consciente, ¿no?

—Eso nunca me ha importado. Pero he tenido que aprender a convivir con tu silencio.

Aquello me desgarró un poco.

—¿De verdad vas a casarte, Charlotte?

No contestó enseguida, pero antes de hacerlo separó sus rodillas. Acercó su rostro un poco más a mis labios.

—No lo haré. Si me lo pides.

Mi mano se deslizó sola, anticipando su reacción. La cadera de Charlotte se deslizó por la mesa, acercándose a la mía. No la había tocado y ya sentía su calor húmedo intoxicándome.

—¿Es apropiado ahora? —preguntó de nuevo.

Acercó su boca a la mía y la atrapó. Su insolente juventud ejercía un poder hipnótico sobre mí, algo que iba mucho más allá de nuestro imán físico.

La rodeé con mis brazos y atraje su cuerpo hacia el mío.

—¿Pueden vernos? —susurré.

—Quién.

—Alguien, aquí, entre estas paredes.

—Estamos solos, Arthur.

Deslicé la mano bajo su falda y palpé su coño. Amasé su centro, provocando que sus piernas se abriesen un poco más para recibir mi caricia. Mis dedos la buscaban con ansia.

—Arthur —mi nombre en su garganta excitada, nadie lo había pronunciado nunca mejor—. Te he esperado.

—¿Qué quieres decir?

Creía adivinarlo pero sería demasiado perfecto oírlo con sus propias palabras.

—Soy virgen.

Oh, dios. ¿Qué he hecho tan bien en este planeta para recibir este regalo? Charlotte parecía dispuesta a entregarme su inocencia y yo iba a devorarla y a relamer todos y cada uno de sus jugos. Entendí en ese momento aquel peregrino asunto del matrimonio improvisado, hasta dónde estaba dispuesto el tal Robert para conseguir lo que yo tenía ya al alcance de mi mano.

No me imaginaba un "no" por respuesta, pero la decencia me obligaba a asegurarme:

—¿Quieres hacer esto, Charlotte? ¿Quieres que siga?

Asintió.

—¿Tú quieres?

—Eso no importa. Necesito que estés convencida, porque va a ser muy difícil detenerme dentro de un par de minutos.

Deslizó la mano sobre mi polla. Empezó a acariciarla por encima del pantalón.

—Lo estoy. Quiero que seas tú —murmuró.

La agarré por las nalgas y la atraje hacia mí para que sintiera cómo mi miembro crecía entre sus piernas. Pensé que, al fin y al cabo, la imagen de Caleb dormitando en su sillón a unas pocas habitaciones de distancia me serviría para contener mi indomable deseo. Debíamos ser cautos. El riesgo que ambos corríamos allí, entregados a nuestro instinto más primario, era incalculable.

Y sin embargo no nos podía importar menos.

—Ponte de pie —le dije.

Charlotte se deslizó sobre un libro de texto abierto. Encima de la enorme mesa había algunos objetos más. Un estuche de tela con bolígrafos, un compás, una escuadra. Un atlas abierto por el mapa de la Antártida.

—¿Es aquí dónde estudias? —le pregunté mientras le bajaba las bragas.

Ella asintió. Le subí la falda y observé su culo virgen y terso. Después encajé mi mano derecha en la entrada de su coño. La deslicé de atrás hacia delante. Un gemido demasiado intenso me asustó, realmente estábamos jugando con fuego. La puerta no tenía ningún cierre de seguridad.

Fue entonces cuando Charlotte se inclinó sobre la mesa, ofreciéndome un acceso pleno a su cuerpo sellado. Estiró la mano y cogió una regla que marcaba las páginas del libro. Se giró y me miró con ojos suplicantes por encima del hombro. Me la ofreció y cuando cogí el objeto metálico de cuarenta centímetros murmuró:

—Por favor, Arthur.

La miré, interpretando su instantáneo silencio.

Estrellé la regla en sus nalgas con fuerza y me estremecí ante tanto placer súbito y compartido.

CAPÍTULO 6

CHARLOTTE

Me recorrió una ola de dolor, calor y éxtasis cuando la regla de metal frío aterrizó con gran estruendo sobre mi glúteo. Mi piel se pegó a ella durante unos segundos, pero Arthur la retiró y la dejó caer de nuevo con un poco más de intensidad. Acto seguido sentí su lengua en el punto exacto en el que había golpeado, calmando el súbito escozor.

Mis codos y rodillas temblaron cuando se deslizó hasta mi intimidad. Arthur repasó con la lengua cada uno de mis pliegues. Sujetó mis nalgas para que no me moviese. De repente sentía un calor insoportable, inédito a mis veintiún años. ¿Era eso? ¿Era eso lo que se sentía? Pronto iba a descubrir que solo era un dulce preámbulo.

Arthur se puso de pie y mi falda resbaló de nuevo sobre mis muslos.

Su respiración estaba más que acelerada. Me giré, quería ver su rostro enrojecido. Rodeé su cuello con mis brazos.

—¿Estás bien, Charlotte? Esto no es muy cómodo. No sé si hacerlo con prisas... no tenemos demasiado tiempo, ¿sabes?

—No podemos salir de aquí ahora.

Buscó de nuevo el nexo entre mis piernas con su mano.

—Méteme un dedo —susurré en su oído—. Por favor.

Me miró mientras yo deshacía los botones superiores de su camisa. La casa Alcott dormía en su tétrica sobremesa y aunque yo le había garantizado que nadie podía vernos, no tener a Lizzy en mi campo de visión significaba que no podía controlar qué estaba haciendo en aquel momento. Aquellas paredes de madera vieja estaban plagadas de rendijas indiscretas.

Arthur empujó su dedo índice en mi interior. Pensé que lo haría muy despacio, pero lo encontró tan resbaladizo que se coló hasta el fondo enseguida. Sentí una gran presión que se alivió en cuanto lo sacó un poco y volvió a empujar, más despacio. Contuve el aliento.

Me besó en el cuello. Todo fue más fácil en cuanto entendió que le había dicho la verdad; que estaba absolutamente entregada pero que no tenía ninguna experiencia y que confiaba a ciegas en sus manos y en cada uno de sus movimientos.

—Siento que no podamos estar más cómodos —me dijo —. Tal vez podríamos vernos en mi hotel en Londres y...

Le desabroché el pantalón y liberé su gran pene. Aquello tenía que suceder allí, porque era allí donde había empezado. El tiempo se había dilatado y no eran solo cuatro años de distancia y de anticipación, sino que parecían mil, y mi condenada espera había llegado a su límite.

—Fóllame, Arthur. Aquí, sobre esta mesa. ¿Vas a hacer que te suplique? Lo haré, si es lo que quieres.

—Creo que no será necesario.

Observé la punta brillante y rosada que se abría paso entre mi carne. Mis uñas se clavaron en su espalda. Él reveló toda la tensión acumulada.

Si estábamos cometiendo un error, si lo que hacíamos estaba profundamente mal, entonces iba a equivocarme una y otra vez. Arthur levantó mi camiseta a la altura de mi clavícula, dejando mis pechos sudorosos al aire. Acto seguido me abrazó. Mis pezones entraron en contacto con el pelo negro y tupido que cubría su torso.

Se abrió paso en mí sin dificultad y yo me concentré en una sensación desconocida que me embargaba. Era la primera vez que un hombre se aventuraba dentro de mi cuerpo. Arthur salía y entraba con cuidado pero aumentando su intensidad. Perdí la noción del tiempo y del espacio y me perdí en su pecho y en su cuello.

—Eres un auténtico milagro, Charlotte —me dijo entre jadeos—. No puedes hacerte una idea de las veces que he soñado con esto. Ahora estamos unidos por esto.

Siguió follándome sin detenerse, como si conociera a la perfección cada una de mis teclas. Una energía expansiva y demoledora se desprendió del punto exacto en el que nuestros cuerpos friccionaban. Mi cuerpo reaccionó por sí mismo, abrazando su miembro, apoderándose de él, rodeándolo con fuerza entre espasmos.

No era mi primer orgasmo. Había alcanzado unos cuantos, en solitario, al menos así lo supe cuando aprendí a identificarlos.

Multiplica cualquiera de ellos por mil y ni siquiera andarás cerca de lo que sentí ese momento entre los brazos de Arthur Yardley.

Nos corrimos los dos con cierta violencia. Agarró la regla metálica con las dos manos y me rodeó la espalda con ella. Volcó mi nombre en mi oído. Y lo único que me dolió fue no poder gritar el suyo.

Fue entonces cuando, todavía ajenos a este planeta, alguien llamó a la puerta y nos devolvió a la realidad. Teníamos unas décimas de segundo antes de que alguien nos interrumpiese, pero era imposible que no nos hubiese oído tras aquella puerta.

Arthur se apartó de mí a la velocidad de la luz y encaró la ventana de la biblioteca mientras se abrochaba de nuevo los botones. Por detrás aparecía completamente vestido. Mi camiseta, mis bragas y mi falda volvieron a su sitio.

Que fuese Lizzy hubiese sido lo mejor que nos podía pasar.

Pero no era mi hermana.

Era Robert.

Mi prometido.

En un primer momento no vio que estaba acompañada en la biblioteca. Solo me observó muy serio y me dijo:

—Por fin te encuentro. Te he estado llamando, Charlotte.

ARTHUR

Daba exactamente igual que me abrochase todos los botones que ella había deshecho a toda prisa, porque nuestros rostros encendidos nos delatarían siempre. Observé al recién llegado e, instintivamente, me alejé un poco más de la mesa en la que Charlotte permanecía apoyada. Me acerqué a una de las estanterías.

Sabía muy bien quién era aquel chico joven y bien parecido. Observé su pelo rubio y ondulado y ese brillo en los ojos, propio de quien empieza a descubrir el mundo. Y lo sabía porque me había ocupado de espiarlo en Internet la tarde anterior en el hotel. Era Robert. El prometido de Charlotte.

Me sentí tentado de dar un paso al frente, de comunicarle que allí no había demasiado que hablar, que Charlotte me pertenecía y que ella misma se había entregado a mí sin un resquicio de duda. Que era el momento de que ambos reconociésemos abiertamente que lo que pensamos que era una simple obsesión se había enraizado en nuestro interior en los últimos cuatro años.

Aquel joven mequetrefe ni siquiera se preocupó por si interrumpía algo.

Nos observó, tal vez adivinando lo sucedido. Al fin y al cabo nuestras respiraciones aún estaban agitadas. Pero me daba exactamente igual.

—He estado todo el día estudiando, Robert —dijo ella.

Agarró la regla con la que había azotado sus nalgas y entendí que debía abandonar aquella estancia de inmediato si no quería que mis emociones acabaran por desbordarme.

—Yo he de regresar al despacho de Caleb —dije.

Robert permanecía delante de la puerta. Dio un paso hacia delante.

—¿Y usted es...? —preguntó.

Qué descaro.

—Arthur Yardley —dije. No tuve más remedio que aceptar la mano que me extendió mi rival.

Su rostro se contrajo al oír mi nombre. Él debía saber también perfectamente quién era yo.

—Señor Yardley —dijo—. Por fin nos conocemos. Caleb ha alabado en muchas ocasiones su dilatada experiencia. Quiero decir, todo lo que ha conseguido a su edad...

Entendí su juego al instante. Una sonrisa irónica se dibujó en su rostro.

—He de irme —insistí—. Ha sido un placer hablar contigo, Charlotte. Llámame cuando quieras para ese asunto de tu beca en Nueva York.

Observé su rostro encendido y me dolió no poder besarla como ella se merecía y como yo deseaba. Confié en que entendiese muchas cosas de esa frase. Que necesitaba poner punto y final a aquel ridículo compromiso. Que no podía casarse con aquel crío presuntuoso. Que nadie iba a cuidar de ella mejor que yo. Y que la quería a mi lado, en Nueva York, plenamente dedicada a sus estudios... y a mí.

Todo lo demás eran distracciones. Y sabía que iba a tener una conversación al respecto con Caleb.

Pero no era el momento. No después de haberme apoderado de su inocencia y haber disfrutado hasta el último segundo de ella.

Avancé por el pasillo del segundo piso de la casa Alcott. La puerta del despacho de Caleb permanecía entreabierta. Me asomé y escuché claramente sus ronquidos y un eco que los secundaba que no era otra cosa que mi respiración alterada, o tal vez mis propios latidos.

Bajé las escaleras y salí de aquella casa. Fui al encuentro de Alistair, el chófer de los Alcott.

—¿Ya ha terminado su reunión con el jefe, señor Yardley?

Asentí y consulté mi reloj. Era demasiado pronto para huir de allí, teniendo en cuenta que Caleb me esperaba para continuar con nuestra charla después de su siesta.

—Más rápido de lo que esperaba —dijo Alistair.

—Continuaremos en otro momento.

—¿Tal vez mañana?

—He de regresar a Londres —contesté.

Me encogí de hombros. No lo sabía, no podía contestar ni una sola pregunta más ese día. Me acomodé en el asiento trasero del coche y esperé a que el chófer dejase lo que estaba haciendo para devolverme al anonimato de la capital.

Me pregunté si huía de allí para no tener que enfrentarme a la mirada serena de Caleb Alcott después de lo que había hecho con su hija pequeña en su propia casa. Algo tan sucio, tan excitante y tan puro al mismo tiempo. Algo que los dos habíamos soñado durante años.

Solo creí que, a pesar de mi evidente deseo de repetirlo una y otra vez, debía dejar en manos de ella esa decisión. Yo no podía conocer la naturaleza de su relación con Robert. No tenía la más mínima idea de lo que había entre ellos, de en qué me estaba inmiscuyendo exactamente. Sabía muy bien lo que sentía por Charlotte Alcott, pero por muy doloroso que fuera no podía adivinar lo que Charlotte sentía por Robert.

Debía ser ella quien decidiese.

Yo ya estaba convencido de que quería aquella chica a mi lado.

Solo me quedaba confiar en que me sobrepondría si lo elegía a él. A alguien real y tal vez más realista. A alguien que no hubiese huido a otro continente para poner freno a su deseo prohibido.

Al menos siempre me quedaría la memoria de esa tarde en la biblioteca. Y la proyectaría en mi mente una y otra vez, mientras mantuviese la cordura.

Alistair se acomodó en el asiento del conductor y me observó a través del retrovisor. Yo estaba agitado, sin ninguna duda, pero tuvo la discreción de no hacer ningún comentario.

—Disculpe, señor Yardley. ¿Vamos de regreso a Londres, o al aeropuerto?

Huir de nuevo era una enorme tentación, pero respiré hondo, le devolví la mirada y contesté:

SU ETERNA PROMESA

—A Londres, por favor.

CAPÍTULO 7

CHARLOTTE

Me dolía la distancia. La distancia que se había creado repentinamente entre nosotros, en el momento en que él abandonó la biblioteca. Me había dejado desprotegida y vulnerable, delante de unos brazos, los de Robert, en los que ya no pensaba refugiarme nunca más. Tampoco estaba preparada para una conversación con él en ese preciso instante. Solo quería salir de allí, correr tras él y expresarle la felicidad que sentía.

Traté de recomponerme y me prometí a mí misma que aquella conversación sería lo más corta posible.

Aquella visita de Robert era extraña. Sin duda algo importante rondaba su cabeza. Se acercó y me besó en la mejilla, en lugar de en los labios, como solía hacer. Todas las lucecitas rojas se encendieron.

—Llevo todo el día preparando el examen sobre el Renacimiento, Robert. Lo siento, pero no he estado pendiente del teléfono.

—¿Qué hacía Yardley aquí?

—¿Qué quieres decir? Ha venido a ver a mi padre.

—Creí que vivía en Nueva York.

Me encogí de hombros. Lo último que quería hacer era hablarle de él.

—Sigue trabajando para él.

—De todas formas, me refiero a qué hacía aquí, contigo. En la biblioteca.

—Vino a saludarme. Disculpa Robert, ¿por qué me buscabas? Íbamos a vernos el lunes en el campus.

Me levanté y me dirigí hacia la puerta, haciendo que él me siguiera. Necesitaba salir de allí de inmediato. Ir en busca de Arthur. ¿La beca para estudiar en Nueva York? ¿Qué había querido decir exactamente? Aquellas palabras habían provocado una reacción casi química en mi interior. ¿Significaba que existía la posibilidad de...estar con él? ¿En Nueva York?

Avancé por el pasillo en dirección al despacho de papá.

—Supongo que es mejor ser claro y sincero —murmuró Robert a mi espalda.

En ese momento aprovechó que no tenía que mirarme a los ojos para dejarme. Fue entonces cuando cualquier sombra de duda respecto a nuestro futuro juntos quedó del todo despejada:

—He venido a romper nuestro compromiso.

Me detuve en seco y me giré. ¿Era posible que Robert estuviese haciendo él mismo el trabajo sucio en aquel momento? El hecho de que lo dijera a mi espalda era algo que en cualquier otra instancia le habría recriminado; y no lo arregló precisamente cuando añadió:

—No me has cogido el teléfono...

¿Estaba soñando?

—¿Es que pensabas decírmelo por teléfono? —no dije "dejarme" con toda la intención, porque yo ya lo había dejado a él en el momento en que permití que Arthur me acariciase entre las piernas.

Robert me miró.

—No, claro que no. Por eso he venido hasta aquí.

Me giré de nuevo, dándole la espalda, y encaré el despacho de mi padre. Lo primero en lo que pensé no fue en que tendría que decirle que lo mío con Robert se había terminado, sino que me había enamorado de su mejor empleado. Su protegido. Y que no iba a permitir que nadie se interpusiera entre nosotros. Había esperado cuatro años y Robert no podía presentarse allí en un peor momento.

—He de hacer algo, Robert —murmuré.

—¿Cómo dices? Charlotte, ¿es que acaso no vas a...?

—A qué.

—¿Vas a aceptarlo sin más?

—¿Qué esperabas?

—Llevamos más de dos años juntos, y en honor a todo ese tiempo deberíamos al menos tener una conversación. Ver qué nos ha llevado hasta este punto.

—Ahora no puedo, Robert.

La puerta del despacho de papá estaba entreabierta.

—No, no. ¿Qué estás haciendo? Ahora mismo no puedo ver a Caleb —dijo Robert—. No estoy preparado para afrontarlo...

—¿Entonces por qué has venido a su casa?

Robert cerró la boca. Mi padre dormitaba en su sillón favorito. Me acerqué con cuidado de no sobresaltarle. Había sufrido una arritmia hacía un año y teníamos que ir con cuidado, especialmente con las noticias que le dábamos.

Le toqué el hombro.

—Papá. Papá, despierta.

Entreabrió los ojos y sonrió al verme.

—¿Dónde está Arthur? —le pregunté.

—¿Arthur?

—¿No ha venido a verte?

Se incorporó de golpe y se levantó. Robert trató de ocultarse tras la puerta, pero fue demasiado tarde. Ya lo había visto.

—¡Ah, Robert! Qué agradable sorpresa. Pasa. Tomaremos un café, necesito espabilarme.

Insistí. *¿Dónde se habría metido?* La sola idea de que se hubiese marchado sin despedirse me oprimía la garganta.

—Papá...—le agarré de la manga.

—No tengo la menor idea de dónde se ha metido Arthur —contestó—. Pero si lo ves dile que aún tenemos que revisar el plan de recursos humanos para el próximo año.

Abandoné a toda prisa el despacho, dejando a Robert con sus palabras vacías en la boca.

—Explícale las razones a mi padre —susurré junto a su oído al deslizarme hacia la puerta—. Nosotros, si quieres, podemos hablar el lunes en la facultad. Tal y como teníamos previsto.

Salí corriendo de allí y bajé las escaleras a toda prisa; disparada hacia la puerta de casa.

Junto a la fuente vi a Lizzy. Eché un vistazo hacia el garaje, pero no había ni rastro de Alistair ni del coche en el que habían venido. Ni tampoco de Arthur. Me acerqué corriendo hacia mi hermana.

—¡Lizzy! ¿Has visto a Arthur?

—¿Por qué lo preguntas?

No tenía tiempo para sus inquietudes.

—Necesito encontrarlo. Es urgente. ¿Lo has visto o no?

—¿Qué ha pasado, Charlotte? ¿Por qué ha venido Robet?

—Ha venido a dejarme.

—¿Cómo?

Me detuve. Fulminé a Lizzy con la mirada.

—Se ha ido –me dijo.

—¿Estás segura?

Asintió.

—Se ha subido al coche con Alistair y se han ido a Londres.

—¿Cuándo? ¿Hace mucho?

—No hace ni cinco minutos, Charlie.

Corrí hacia el establo. Mi hermana me siguió.

—¿Están ensillados los caballos?

Corrió hasta alcanzarme. Me agarró del brazo y me obligó a encararla.

—¿Pero qué estás diciendo?

—He de hablar con Arthur, Lizzy. Ahora. No puedo esperar ni un minuto más. Se ha ido antes de que pudiera decirle lo que siento.

—Pero, ¿qué locura es esta?

Fui derecha a la esquina del establo donde Rex reposaba. El mismo caballo que, probablemente Lizzy, había asignado a Arthur hacía solo unas horas.

—Charlotte, ¿qué haces? Hace siglos que no montas a Rex.

Acaricié el morro del animal. Se acordaba de mí, sin duda.

—Vuelvo enseguida. Les alcanzaré.

Saqué a Rex del establo y me subí todo lo aprisa que pude. Siempre recordaré ese primer contacto de mi entrepierna dolorida con la silla de montar.

—¡Charlie! ¿En serio? ¿No vas a contarme qué ha pasado?

Acaricié la crin del caballo y lo espoleé un poco.

—Arre, Rex —le susurré—. Llévame hasta Arthur.

Galopé rápidamente junto a la carretera principal que se desviaba desde la comarcal hasta nuestra casa. Ya veía el coche de Alistair a lo lejos. Aquello iba a traer cola, estaba segura. Pero por primera vez en años, me sentía liberada. Si Arthur me rechazaba, si me decía que lo nuestro era imposible, trataría de pasar página y siempre lo recordaría como el mayor aprendizaje sentimental de mi vida. Algo dentro de mí me decía que tenía que estar preparada para la posibilidad de un dolor profundo e intenso; pero que este cicatrizaría y me haría invencible. Me inmunizaría durante el resto de mi existencia.

Oí un grito tras de mí, a lo lejos.

—¡Charlotte! ¡No vayas tan deprisa!

Era Lizzy. Había cogido a su caballo, Truman, y galopaba a cierta distancia. Era evidente que ella era mucho mejor amazona que yo y que no tardaría en alcanzarme. Agité un poco más las riendas. Rex leyó a la perfección mis instrucciones y mi deseo desbocado y aceleró un poco más su trote.

—¡Arthur! —grité.

Las luces rojas del coche se encendieron en ese instante, y el Mercedes familiar aminoró su velocidad. Lo alcancé en medio minuto. Alistair activó el intermitente y desplazó la dirección del vehículo hacia el arcén.

Estiré de las riendas suavemente para que Rex se detuviera junto al coche.

Bajé del caballo y mi mayor temor, que no era otro que aquella puerta trasera no se abriese, saltó por los aires en un segundo. Arthur salió del coche y avanzó por el arcén hasta donde yo estaba. Sujeté las riendas de Rex con firmeza y acaricié su lomo para hacerle saber lo orgullosa que estaba de él, de su respuesta inmediata.

—¡Charlotte! Pero qué demonios...

—Necesitaba hablar contigo inmediatamente.

Arthur me abrazó. Y ambos fuimos conscientes de que por primera vez sacábamos nuestro amor de las sombras, de las paredes de la biblioteca, porque Alistair nos observaba a través del parabrisas; y mi hermana lo hacía a lomos de su caballo más querido.

Su cuerpo, su masculinidad protectora, me calmó al instante. No necesitábamos palabras, y aún así lo dije:

—Robert ya pertenece al pasado.

Sus brazos rodearon mi espalda con mayor firmeza. Arthur dejó escapar el aire que lo oprimía, el mismo que contenía su mayor preocupación.

—No he dejado de pensar en ti ni un solo día en los últimos cuatro años, Charlotte. No me importa lo difícil que nos lo pongan. Quiero que vengas conmigo a Nueva York.

—¿De verdad? Tenía tanto miedo...

Me apartó un segundo para mirarme y sonreír, pero volvió a abrazarme enseguida. Nos debíamos cuatro años de besos y de abrazos.

—En realidad he venido hasta aquí para preguntarle, ¿qué hay de esa beca, señor Yardley?

La risa se me escapó y ejerció sobre mí un efecto calmante muy poderoso.

Arthur levantó mi barbilla con el dedo índice y me besó. El resto del mundo era invisible; nuestros testigos eran solo maniquís que tendríamos que convertir en nuestros mejores cómplices.

—Sí, la beca...Todo apunta a que ha presentado usted el mejor trabajo, señorita Alcott. El comité no tiene ninguna duda al respecto, sobre todo desde que...

Me besó de nuevo. Sus manos bajaron hasta mi cintura. Arthur respiró hondo.

—Desde que encontré aquel libro de astronomía sobre la mesa de mi despacho. Eres mi perdición, Charlotte Ascott. Y espero que lo seas siempre, y que me acompañes de vuelta a Nueva York.

EPÍLOGO

ARTHUR
Once meses después

Me incliné sobre la cabeza de Charlotte y aspiré el olor perfecto de su champú. Besé su pelo. Estaba en el sofá, envuelta en su albornoz y perdida en un mar de apuntes.

Yo acababa de llegar a casa de la oficina. Últimamente buscaba cualquier excusa para escabullirme lo antes posible durante la tarde. Desde que Charlotte vivía conmigo en Manhattan, las ocho o nueve horas que pasaba trabajando eran simples paréntesis respecto a lo que realmente me importaba.

Charlotte se incorporó de un salto y rodeó mi cuello con sus brazos.

—Tengo noticias —me dijo—. Pero primero...

Me agarró de la corbata, me acarició la barba y me estampó un beso en los labios. Sabía que aquello me volvía loco. Me encantaba que me hiciese el nudo de la corbata todas las mañanas antes de irme y que la utilizase para obligarme a besarla a su antojo, siempre que ella deseara.

Rodeé el sofá y me senté a su lado. Nuestro apartamento estaba en la planta número dieciséis en un conocido edificio de la Tercera Avenida. Sentíamos palpitar el corazón de Nueva York a través de los ventanales.

—Sorpréndeme —dije—. Pero primero dime, ¿debería abrir una botella de vino para celebrar?

—Seguramente sí.

Revolvió entre el amasijo de apuntes y sacó un sobre.

—He recibido esta carta esta misma mañana...

—¿Y es...?

Asintió, rebosante de felicidad. La abracé. Sabía cuán importante era para ella, aunque no le gustase reconocerlo.

—¿Cuándo empiezas?

—En dos semanas.

—¡Charlotte! ¡Vas a trabajar en el MOMA! Es increíble. Es lo que siempre habías soñado.

Se acurrucó sobre mi regazo. Sabía muy bien que estaba completamente desnuda debajo de ese albornoz.

—Lo que siempre había soñado era estar aquí contigo.

—Bueno, cariño, pues no hay nada que te impida tener las dos cosas. Es uno de los museos más importantes del mundo. Y por supuesto que vamos a abrir un buen vino. Ahora mismo.

Me levanté para acercarme a nuestra pequeña bodega. Charlotte me siguió. A pesar de que tratase de quitarle hierro al asunto, estaba pletórica. El brillo de sus ojos no mentía.

—Tampoco es trabajar, exactamente. Solo voy a ser becaria en el departamento de comunicación.

—¿Solo? No me cabe duda de que lo harás genial y que no te dejarán escapar.

Descorché la botella y volqué el vino en dos copas. La verdad, no había ni un solo día de los últimos meses en los que no hubiese motivo para celebrar que Charlotte hubiese venido a Nueva York.

No había sido fácil con Caleb, pero tampoco el drama que hubiese esperado. Además, Charlotte me convenció de que lo mejor era dejar el asunto en sus manos. Ella misma hablaría con su padre para explicarle la situación lo más claramente posible. Que estábamos enamorados. Que dejaba Londres y que vendría a vivir conmigo a Nueva York. Temimos por su corazón. Yo temí también por mi puesto de trabajo, pero en el fondo eso era lo que menos me importaba. Estaba dispuesto a tirar todo por la borda si ella me lo pedía.

Lo único seguro era que no estaba dispuesto a pasar un día más sin Charlotte. No regresé de Londres hasta que Caleb aceptó la situación y tuvimos una conversación en la que me hizo prometer que cuidaría de su hija.

Él siempre lo negará, pero durante esa charla esbozó una sonrisa varias veces.

No hace mucho, en una videollamada, me confesó que había hecho algunas averiguaciones y que lo mejor que había podido pasar era que aquel pequeño mequetrefe de Robert desapareciese de escena. *Lo han detenido, Arthur. Tráfico de armas, ¿puedes creerlo?*, me dijo. *Hace solo unas semanas. Menos mal que apareciste en la vida de Charlotte. Sé que contigo está a salvo y totalmente centrada en sus estudios.*

Asentí y añadí unas palabras tranquilizadoras. Caleb Alcott jamás debía saber que mi devoción por su hija pequeña se había desatado unos años antes; justo en el límite de lo correcto y lo legal, y que ella era precisamente el motivo por el que me había marchado del país.

Y ahora se ha convertido en un pequeño ritual perfecto.

Todos las mañanas, mientras ella anuda mi corbata, le agradezco su presencia en mi vida, y agradezco mi buena fortuna. A veces no podemos evitarlo y regresamos enseguida a la cama para colmar nuestro deseo intermitente. Después nos separamos para atender nuestros quehaceres. Charlotte estudia y yo trabajo de forma mecánica, contando los segundos hasta que la vuelvo a abrazar.

Supongo que a veces solo hay que esperar cuatro años. Si es de verdad, no se irá a ningún sitio.

Si es de verdad, estará esperando en la biblioteca.

FIN

¿QUIERES MÁS ELSA TABLAC? Descubre la historia de **Lizzy Alcott.**[1]

---

1. http://www.amazon.es/gp/product/B09JM82J54

A continuación puedes leer los primeros capítulos de la historia de Lizzy

SU ETERNA PRESENCIA

CAPÍTULO 1

L**IZZY**

Todos se preguntarían qué hago ahí. Por qué había abandonado Londres.

Jamás adivinarían qué me llevó a instalarme en casa de mis padres, un enorme *cottage* de piedra en los confines de Bracknell, a unas dos horas de la capital. No es muy fácil entender que una joven independiente de veinticinco años se aparte de una de las ciudades más excitantes del mundo y regrese de repente a casa de su familia.

La razón se llama Oliver Owen.

Cuida de nuestros cuatro caballos en el establo familiar. Es el hijo mayor de William, el antiguo mayordomo, quien sufrió un accidente hace dos años y tuvo que jubilarse anticipadamente. Oliver llegó hace quince meses, y mi padre decidió que formaría parte del personal que trabaja en casa.

Lo que no esperaba era que aquel niño hiperactivo que trepaba a todos los árboles y con el que mi hermana Charlotte y yo jugábamos para horror de mi madre se convertiría en un chico tan atractivo.

Hacía un rato que lo observaba desde la ventana de mi dormitorio. Estaba anocheciendo y Oliver regresaba de dar un paseo con Rex, el caballo de mi hermana. El mismo que ella ya casi nunca montaba y que yo mimaba algo más que a los otros, pues temía que se sintiese abandonado. Sonreí al comprobar que Oliver le dedicaba un poco más de tiempo que al resto.

—¿Sigues trabajando? —preguntó una voz a mi espalda.

No necesitaba girarme para saber perfectamente que se trataba de Adeline, mi madre.

Observé la pantalla del ordenador portátil. Mis manos se habían apartado del teclado hacía ya un buen rato y el salvapantallas, mi nombre en grandes letras de color morado, rebotaba en los cuatro lados de la pantalla. Era evidente que no estaba trabajando.

—No. Ya he terminado por hoy —contesté—. Creo que va siendo hora...

—Trabajas demasiado, Lizzy.

—No creas, mamá. Simplemente he de entregar esta traducción en cuatro días. Se me ha echado un poco el tiempo encima. Pero el siguiente libro no me llegará hasta dentro de unas dos semanas.

Mi madre entró en el cuarto y se acercó, puso las manos sobre mis hombros y besó mi pelo. Estaba especialmente cariñosa últimamente, algo no muy propio de ella. Aunque debo decir que nuestra relación había mejorado con los años.

Al principio mamá no entendía muy bien que quisiera dedicarme a traducir libros de manera profesional. Creía que mi obsesión por aprender francés y estudiar filología en la universidad era tan solo un pasatiempo. Que lo que acabaría haciendo en realidad era casarme con alguno de los hijos de los acaudalados amigos de mi padre y peinar las crines de los caballos.

Y no negaré que hubo algún momento en que yo también lo pensé. Pero me convertí en traductora de manera lenta y casual.

Empecé traduciendo esporádicamente para la editorial en la que trabajaba Molly, una de mis amigas de la universidad. Con el paso de los meses me fueron llegando nuevas propuestas.

Era el trabajo perfecto para mí, aunque en el fondo no necesitase el dinero. Traducir libros me mantenía ocupada y me permitía transportarme a otro mundo durante buena parte del día. Además, podía trabajar desde Bracknell sin problemas, a mi ritmo.

—Cenaremos pronto —dijo mamá.

Moví el ratón para recuperar el documento de Word en el que había estado trabajando esa tarde.

—No tengo demasiada hambre —contesté—. Pensaba preparar un sandwich ligero y comérmelo aquí, en mi escritorio. Querría acabar un capítulo esta noche.

—De ninguna manera, Lizzy. Hoy estamos las dos solas en casa, así que quiero que me acompañes. Y he preparado algo especial.

La observé perpleja. Mi madre no solía cocinar jamás. Especialmente si mi padre estaba en Londres por trabajo, como era el caso durante esos días.

—¿Tú has preparado algo?

—Has oído bien, sí. Así que te espero en el salón a las siete en punto. La cena estará lista. He de comentarte algo, además.

Iba a contestarle que quería bajar al establo ver a Rex —en realidad a charlar un rato con Oliver—, pero mi madre ya había abandonado mi dormitorio. Así eran las cosas con ella: sentenciaba, ordenaba y no había posibilidad de réplica.

Consulté el reloj. Eran las seis de la tarde. Si me daba prisa, podía arreglarme un poco y bajar al establo. Tal vez Oliver no estaría demasiado ocupado. En todo caso, tenía que bajar a escondidas. Mamá odiaba que me presentase a la cena justo después de visitar a los caballos. De ahí mi plan perfecto del sandwich.

Me metí en el cuarto de baño, me lavé la cara, me cepillé el pelo y me coloqué el vestido de flores menos llamativo que encontré en mi armario, unos calcetines negros hasta la rodilla y cogí las botas que, se suponía, debían permanecer fuera de la casa para no destrozar la moqueta.

Me maquillé con un poco de colorete, máscara de pestañas y pintalabios, a pesar de que era consciente de que aquellos pequeños rastros de color no pasarían desapercibidos bajo el ojo de halcón de nuestra Adeline.

Bajé las escaleras hasta el primer piso con las botas en la mano y me dirigí hacia la cocina. Saldría por la puerta trasera y rodearía la casa hasta llegar al establo. Oía la voz de mamá hablando por teléfono, tal vez con su hermana o con Charlotte. Eso era perfecto. Nunca conversaban menos durante menos de media hora, para desesperación de mi hermana Charlie.

Una de las cosas buenas de haberme instalado en Bracknell con mi ordenador portátil era que no tenía que atender las intensas llamadas telefónicas de mi madre. La escuchaba en vivo y en directo a diario.

Salí de la casa por primera vez en aquel día. Me puse las botas mientras apreciaba el sonido de los primeros guijarros y el olor de las rosas a las que mi madre se dedicaba todas las mañanas en cuerpo y alma.

Caminé unos tres minutos hasta llegar al establo, por el camino que conectaba con la casa. Respiré hondo, porque siempre que lo veía me quedaba prácticamente sin respiración; y todo apuntaba a que Oliver Owen estaría con Rex en el interior.

Llamé a la puerta.

—¡Adelante!

Entré. Entendí enseguida que no hubiese hecho falta ningún *blush* de Dior en mis mejillas, pues el calor súbito que me invadía al encontrarme delante de Oliver no faltaba jamás a la cita. Ahí estaba, una y otra vez, y allí estaba yo de nuevo en el establo, a falta de citas reales con el chico por el que suspiraba desde hacía cinco meses.

La razón por la que había vuelto a vivir con mis padres no era otra, por supuesto. Quería estar cerca de él. Quería destruir aquella extraña verja intangible que nos separaba y estrellarme de una vez por todas contra sus labios.

Eso es lo que quería.

Por eso no estaba en Londres.

CAPÍTULO 2

OLIVER

—¿Sabes que no es necesario que llames a la puerta, no? —le pregunté a Lizzy.

Se lo había dicho decenas de veces, pero ella seguía haciéndolo, a pesar de que técnicamente estaba en su propia casa. Observé el vestido de color azul oscuro, estampado con pequeñas flores amarillas, que a duras penas le llegaba hasta las rodillas.

La hija mayor de Caleb Alcott me dejaba sin aliento cada vez que venía al establo a visitar a su caballo, Truman. A esas alturas ya me debía de haber acostumbrado a su intermitente presencia, pero me había descolocado por completo que una chica moderna y urbanita como ella decidiese de repente dejar Londres y regresar a casa de sus padres.

Tal vez no debía sorprenderme tanto, teniendo en cuenta que aquella familia era inmensamente rica. Mi padre había trabajado en la casa como mayordomo durante la mitad de su vida y yo me repetía, todas las mañanas, que en cuanto terminase de una vez mis estudios de veterinaria me largaría de Bracknell y los Alcott no volverían a saber de mí jamás.

Ese pensamiento podría parecer amargo y resentido, pero nacía de algo evidente que en aquel momento se manifestaba en la puerta del establo: nunca sucedería nada entre Lizzy y yo. Sencillamente, porque pertenecíamos a mundos distintos. Los de su clase no se mezclaban con los de la mía más si no era con una relación laboral mediante.

Era así, y mi razón obligaba a mi corazón a asimilarlo de una vez por todas.

Todos los días. O al menos lo intentaba.

Aunque mentiría si dijera que su amabilidad y su sonrisa no me ofrecían un resquicio de esperanza. Ojalá las cosas fueran como cuando éramos niños y jugábamos sin preocuparnos del lugar opuesto que nos había reservado la vida.

—Prefiero llamar —contestó—. Por si estás haciendo algo que no me incumba.

Sonrió y se pasó la mano por su media melena rubia. Después se cruzó de brazos y se apoyó en el marco del portón de madera. Aquel gesto tan poco calculado —o no, quién sabe— reveló la forma redondeada de sus pechos, pequeños y blancos.

No tenía la menor idea de vestidos pero sí había notado que Lizzy los llevaba mucho más a menudo, y no tenía ningún reparo en combinarlos con botas de montar. Aquello era algo que me encantaba.

—¿Y qué iba a estar haciendo, Lizzy? —le pregunté, a pesar de que se me ocurrían varias cosas.

Las hijas de Caleb me habían prohibido terminantemente que las tratase de "usted"; cosa que hice en el pasado en un par de ocasiones, cuando llegué a la casa, a pesar de que sonaba completamente ridículo. Nos conocíamos desde niños, aunque yo era unos cuatro años mayor que Lizzy.

Se acercó para acariciar a Rex.

—No lo sé, de repente está ya anocheciendo y sigues aquí. Me he dado cuenta de que últimamente alargas un poco tus jornadas.

Era cierto. Y era inconsciente, también. Supongo que quería pasar el máximo tiempo posible dentro de su radio de acción.

—Rex cojea un poco desde ayer. Me temo que se trata de una astilla —le dije—. Pero no me ha dejado que me acerque a sus patas traseras.

Lizzy me miró. Me incorporé. Habíamos estado solos en aquel establo centenares de veces y sin embargo aquella noche me puse nervioso. Había algo diferente en ella y me volvía loco ser incapaz de identificarlo. ¿Qué era?

—¿Crees que deberíamos llamar al veterinario?

—No, es algo que puedo solventar yo mismo. En cuanto me deje.

—Cierto. ¿Cuándo terminas entonces?

Consulté mi reloj. Me daba vergüenza decirle que nadie me esperaba en casa. Había alquilado un pequeño apartamento en el centro de Bracknell, cerca de la casa de mis padres.

—No tengo prisa esta noche —contesté.

—Me refiero a cuándo terminas tus estudios de veterinaria.

Era una pregunta interesante, y una que odiaba especialmente contestar; pero no si me la hacía Lizzy Alcott.

—Si todo va bien, en un año.

No podía estudiar al mismo ritmo que mis compañeros porque había tenido que trabajar desde los dieciocho años, prácticamente desde que mi padre sufrió el accidente y tuvo que retirarse. Los Alcott sabían perfectamente que mi trabajo al mando del establo tenía fecha de caducidad.

Un año para conquistar a Lizzy Alcott. *Tal vez la bese la última noche. Si me rechaza, desapareceré para siempre de su vida.*

—Es admirable, Oliver.

La miré con un gesto interrogante. Ella se apartó del caballo y dio dos pasos hacia mí. Recé porque alguno de los animales relinchara para que ella no notase como mi respiración se aceleraba.

—El qué.

—Todo. Lo que haces aquí, con nuestros caballos. Y que no hayas descuidado tus estudios en ningún momento.

Desvié la vista. No estaba acostumbrado a recibir cumplidos. Mi cuerpo se desplazó hacia atrás de forma inconsciente y me topé con una de las paredes de aquel enorme cobertizo. Era como si Lizzy, con su delicioso cuerpo menudo, estuviese a punto de devorarme.

Estábamos muy cerca, más que nunca y ambos, conscientes de la tensión que se desplegaba entre nosotros, desviamos la mirada hacia el caballo.

Lizzy estiró su mano para acariciarlo de nuevo.

Necesitaba que entendiese que yo no podía —o más bien no debía, si quería tener la certeza de que conservaría mi trabajo— acercarme a ella aún más, hacer lo que tanto deseaba. Rodear su cintura y volcar su cuerpo contra el mío, ajustarla a mi relieve. Meter la mano debajo de aquel vestido y recorrer su piel pálida con mis dedos. Allí nadie nos vería jamás. En ausencia de Caleb Alcott, ella y yo éramos los dos únicos humanos que entraban en el recinto de los caballos.

—Lizzy, yo...

—¿Puedo preguntarte algo, Oliver?

Me callé de repente. Tuve la sensación, por nuestro silencio compartido, que los dos queríamos llegar exactamente al mismo sitio.

—Claro.

Pedir permiso para preguntar suele ser el preludio de algo problemático.

—¿Qué sucedió entre mi hermana y tú?

Me pilló por sorpresa.

No sabía, literalmente, de qué me estaba hablando. Pero al parecer Lizzy pretendía fragmentar su relato:

—Hará unos cuatro o cinco años. Os vi besándoos. En el camino que va a la casa de los Withcombe. O más bien, Charlotte te besaba a ti. Pero tú no te apartaste.

Oh, no. ¿Cuántos años hacía de aquello? A mí me parecían más. ¿Seis? ¿Siete? Me avergonzaba profundamente pero no podía, en aquel momento, darle más importancia de la que tenía.

Sonreí y aparté de nuevo la mirada, tratando de ocultar mi evidente turbación. Era absurdo negarlo. Lizzy lo había visto con sus propios ojos. Jamás dijo nada. Hasta esa noche.

—Creo que sé por qué lo preguntas —carraspeé—. Soy unos nueve años mayor que Charlotte. ¿Y ella? ¿Cuántos debía tener por entonces? Supongo que era una adolescente. ¿Dieciséis?

Observé la mirada serena de Lizzy. Su mano seguía acariciando a Rex, y aquello parecía ejercer un efecto casi sedante sobre el caballo.

—Dieciséis —murmuró.

—No sucedió nada. Tu hermana me dijo que nunca había besado a ningún chico y quería saber qué se sentía. Me preguntó si podía hacerlo yo. Antes de contestarle que debía ser paciente con ese tipo de cosas se me abalanzó. No puedo decirte más. Ninguno de los dos volvió a mencionar jamás el tema. Mi padre dejó de trabajar en vuestra casa poco después y yo me marché a la universidad. No volví a ver a Charlotte hasta hace poco. Dudo que se acuerde de esta historia.

—Supongo que siempre le gustaron los hombres mayores que ella —susurró—. Pero te equivocas en algo.

—¿En qué?

—No te lo preguntaba por eso. Por la diferencia de edad.

Lizzy respiró hondo. De repente nos faltaba todo el oxígeno en aquella cárcel de madera.

—¿Entonces?

—Lo pregunto porque...yo siempre quise hacer lo mismo. Pero nunca me atreví.

Me miró. Supongo que no necesitamos más. Puso la mano con la que había acariciado a Rex en mi nuca y se inclinó sobre mis labios.